Le sorcier de la préhistoire

L'auteur : Mary Pope Osborne a écrit plus de quarante livres pour la jeunesse récompensés par de nombreux prix. Elle vit à New York avec son mari, Will, et Bailey, un petit terrier à poils longs. Tous trois aiment retrouver le calme de la nature, dans leur chalet en Pennsylvanie.

L'illustrateur : Philippe Masson, né à Rennes en 1965, est issu d'une famille de marins bretons. Actuellement, il vit à Tours avec son amie et ses deux enfants, Lucas et Mona. Il réalise également les dessins de la série Le château magique aux Éditions Bayard Jeunesse.

À tous les enfants qui m'ont aidée à trouver l'inspiration.

Titre original : *Sunset of the Sabertooth*
© Texte, 1996, Mary Pope Osborne.
Publié avec l'autorisation de Random House Children's Books,
un département de Random House, Inc., New York, New York, USA.
Tous droits réservés.
Reproduction même partielle interdite.
© 2005, Bayard Éditions Jeunesse
© 2003, Bayard Éditions Jeunesse pour la traduction française
et les illustrations.

Conception et réalisation de la maquette : Isabelle Southgate.
Colorisation de la couverture ; illustrations de l'arbre, de la cabane
et de l'échelle : Paul Siraudeau.

Loi n° 49 956 du 16 juillet 1949
sur les publications destinées à la jeunesse.
Dépôt légal : août 2005 – ISBN 13 : 978 2 7470 1839 5
Imprimé en Allemagne par Clausen & Bosse

La Cabane Magique

Le sorcier de la préhistoire

Mary Pope Osborne

Traduit et adapté de l'américain
par Marie-Hélène Delval

Illustré par Philippe Masson

SEPTIÈME ÉDITION
BAYARD JEUNESSE

Léa

Prénom : Léa

Âge : sept ans

Domicile : près du bois de Belleville

Caractère : espiègle et curieuse

Signes particuliers : ne manque jamais une occasion d'entraîner son frère Tom dans des aventures mouvementées, sans se soucier du danger.

Tom

Prénom : Tom

Âge : neuf ans

Domicile : près du bois de Belleville

Caractère : studieux et sérieux

Signes particuliers : aime beaucoup
les livres, qui l'aident à se sortir
de situations périlleuses.

Les quatre premiers voyages de Tom et Léa

Un jour d'été, dans le bois de Belleville, Tom et sa petite sœur, Léa, découvrent une cabane, perchée tout en haut du plus grand chêne. La cabane est pleine de livres.

Mais, surtout, c'est une

cabane magique !

Il suffit d'ouvrir un livre, de poser le doigt sur une image en souhaitant se trouver à l'endroit représenté, et on y est aussitôt transporté !

Tom et Léa ne gardent de leurs voyages que de **bons souvenirs**, même si parfois ils se sont trouvés dans des situations bien

dangereuses !

Souviens-toi...

Tom a échappé de
justesse au terrible
tyrannosaure.

Léa s'est perdue dans
les sombres corridors
d'une pyramide.

Les deux enfants ont
dû plonger dans les
douves du château fort.

Ils ont été les
prisonniers du
capitaine Bones.

Mais, au terme de ces quatre aventures,
nos deux héros ont découvert que la cabane
appartenait à la *fée Morgane,*
une magicienne et une célèbre bibliothé-
caire qui voyage d'âge en âge et de pays en
pays pour rassembler des livres.

La disparition de la fée Morgane

Mais qu'est-il arrivé à la fée Morgane ?
Tom et Léa ont trouvé dans la cabane
magique un message alarmant...

Morgane est
en danger :
on lui a jeté
un mauvais sort !
Il faut la délivrer !

Pour cela, nos deux héros doivent

 réunir trois objets

qui les mettront sur la piste,
mais... quels objets ?
Ils n'en savent rien !

Lis bien les trois livres dans l'ordre,
peut-être résoudras-tu ce mystère avant eux !

N° 5, Sur le fleuve Amazone

N° 6, Le sorcier de la préhistoire

N° 7, Le voyage sur la Lune

À toi d'enquêter ! Bon voyage !

Résumé du tome 5

★ ★ ★

Tom et Léa atterrissent en plein cœur de la forêt amazonienne, escortés par leur nouvelle amie, la souris Cacahuète. Ils explorent les alentours avec prudence mais doivent très vite affronter de multiples dangers (piranhas, féroces serpents...). Heureusement, ils finissent par revenir sains et saufs dans la cabane. Un gentil petit singe leur donne alors une mangue. Mangue, avec un M, comme Morgane ! Cette mangue est sûrement la première chose ! Quelle sera la deuxième ?

Ça commence par un M

– On va à la cabane ? propose Léa en revenant de la piscine avec Tom.

– Passons d'abord à la maison nous changer, dit Tom. On est encore en maillot de bain !

– On ne restera pas longtemps ! Tu ne veux pas délivrer Morgane ?

– Bien sûr que si !

– Alors, allons-y tout de suite ! insiste Léa. Et elle s'engage sur le sentier qui mène au bois de Belleville. Tom soupire. Tant pis, il se changera plus tard ! Il ajuste ses lunettes sur son nez et il emboîte le pas à sa sœur.

Il fait chaud. Les rayons de soleil qui passent entre les feuilles dessinent des taches dorées sur le sol. En arrivant dans la clairière, Tom lève les yeux : la cabane est là, au sommet du plus haut chêne.

– Dépêche-toi ! lui lance Léa, déjà accrochée à l'échelle de corde.

Tom grimpe derrière elle. Les voilà de nouveau dans la cabane.

– Kiiiiiii !

La souris les accueille, assise sur le rebord de la fenêtre.

– Bonjour, Cacahuète ! C'est nous ! dit Léa.

Tom caresse du doigt la tête de la petite bête.

– On n'a pas pu venir plus tôt, s'excuse Léa. On avait notre leçon de natation !

– Kiiiiiii !

– Est-ce qu'il s'est passé quelque chose de nouveau, pendant notre absence ? demande la petite fille en parcourant la cabane du regard.

La mangue de la forêt amazonienne est toujours posée sur le grand M gravé dans le plancher.

– Le nom des deux autres objets que nous devons trouver commence sûrement par la lettre M, dit Tom.

– Évidemment ! M comme Morgane ! Mais où peuvent-ils bien être ?

Des livres sont répandus un peu partout. Dans un coin, Tom et Léa ont empilé ceux qu'ils ont déjà utilisés. Et là, par terre, qu'est-ce qu'ils voient ? Un livre ouvert ! Ils s'approchent, ils se penchent sur les pages, ils regardent l'image. Elle représente un paysage de rochers couverts de neige.

– Moi, j'aime trop la neige ! s'exclame Léa en posant son doigt sur la page. Je voudrais bien aller là tout de suite !

– Tu es folle ! s'écrie Tom. On est en maillot de bain !

– Oh, zut ! fait Léa.

Trop tard ! Le vent s'est mis à souffler. Les feuilles frémissent, la cabane commence à tourner. Elle tourne plus vite, de plus en plus vite. Elle tourbillonne comme une toupie folle. Puis elle s'arrête. On n'entend plus aucun bruit. Dehors, la neige tombe en silence.

Les chasseurs

Tom, Léa et Cacahuète se penchent à la fenêtre. De gros flocons tombent du ciel gris. La cabane est à la cime de l'arbre le plus haut, au milieu d'un bosquet d'autres arbres aux branches dénudées. Tout autour s'étend une vaste plaine blanche. Plus loin se dresse une falaise rocheuse.

– Il f-f-f-fait f-f-f-froid…

Léa s'enveloppe dans sa serviette de bain en claquant des dents.

– Ki-ki-kiiiiiiii ! se plaint la souris.

– Pauvre Cacahuète ! compatit Léa. Je vais

te mettre dans une poche du sac à dos de Tom, tu auras moins froid !

– Il nous faut des vêtements chauds, dit Tom. Retournons à la maison.

– On ne peut pas. On ne retrouvera pas le livre avec l'image de notre bois tant qu'on n'aura pas rempli notre mission, tu le sais bien ! C'est comme ça, avec la cabane magique !

– Oh, j'avais oublié !

– Mais où sommes-nous ? demande Léa.

– On va savoir ça tout de suite !

Tom ramasse le livre ouvert et lit le titre en couverture : *La vie à l'époque glaciaire.*

– L'époque glaciaire ! s'écrie Léa. Pas étonnant qu'on soit gelés !

– Oui ! On a intérêt à trouver en vitesse la deuxième chose qui commence par un M ! Sinon, on va être transformés en statues de glace !

Tom fouille dans son sac à dos et en sort deux T-shirts :

– Tiens, dit-il en tendant le plus petit à Léa, on peut au moins enfiler ça. Tu vois que j'ai eu raison de les emporter !

Léa hoche la tête et passe le T-shirt. Puis elle se penche de nouveau à la fenêtre et chuchote :

– Là ! Il y a quelqu'un !

Elle désigne du doigt quatre silhouettes, au sommet de la falaise, deux grandes et deux petites, qui portent des sortes de lances.

– Qui sont ces gens ?

– Je vais regarder dans le livre, dit Tom.

Il tourne les pages et trouve une image avec cette légende :

Les humains de l'époque glaciaire nous ressemblaient déjà beaucoup. On les appelle les hommes de Cro-Magnon.

– Qu'est-ce qu'ils vont faire avec ces lances ? demande Léa.

Tom tourne encore quelques pages. Il lit :

Les hommes de Cro-Magnon sont d'excellents chasseurs. Parfois, ils creusent des fosses, les recouvrent de branchages, et poussent les rennes ou les buffles vers le piège.

– Pauvres bêtes ! C'est méchant !

– Que veux-tu ! dit Tom. Ces gens vivent de la chasse. Ils n'ont pas de supermarchés, figure-toi !

Le petit groupe de chasseurs disparaît de l'autre côté de la falaise.

– Ils ne peuvent plus nous voir, reprend Tom. Profitons-en ! Dépêchons-nous de trouver la chose pour sauver Morgane, je suis gelé !

– Mais je voudrais les rencontrer, moi, ces gens !

– Pas question ! Ils nous prendraient pour des ennemis et nous transperceraient avec leurs lances !

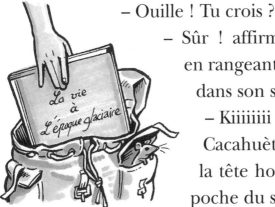

– Ouille ! Tu crois ?

– Sûr ! affirme Tom en rangeant le livre dans son sac.

– Kiiiiiiii !

Cacahuète passe la tête hors de la poche du sac.

– Reste là, toi ! lui ordonne Léa.

Tom met son sac sur son dos et commence à descendre. Léa le suit. En posant les pieds sur le sol gelé, ils se serrent l'un contre l'autre. Le vent est glacé. Tom se couvre la tête avec sa serviette. La neige se colle à ses lunettes.

– Hé, Tom, regarde ! s'écrie Léa. On y voit bien mieux, comme ça !

Elle a mis ses lunettes de piscine !

– Bonne idée, dit Tom. Et fais comme moi, mets ta serviette sur ta tête. C'est par la tête que le corps perd le plus de chaleur !

Léa suit son conseil et noue sa serviette sous son menton.

– Essayons de trouver une grotte ou un abri quelconque, décide Tom.

– Il y a sûrement des grottes, dans ces falaises, dit Léa.

Tous deux s'aventurent sur la plaine blanche. La couche de neige n'est pas très épaisse, mais le vent souffle en rafales.

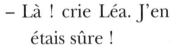

– Là ! crie Léa. J'en étais sûre !

Du doigt, elle désigne une ouverture dans le rocher. Une grotte ! Ils y courent.

– Soyons prudents, murmure Tom.

Ils pénètrent

avec précaution dans la cavité obscure. Il ne fait pas beaucoup plus chaud, à l'intérieur, mais au moins ils sont protégés du vent. Ils tapent des pieds pour décoller la neige de leurs baskets. Léa enlève ses lunettes de piscine.

– Drôle d'odeur…, remarque Tom.

– Oui, ça sent le chien mouillé.

– Je me demande ce qu'ils disent sur les grottes, dans le livre.

Tom sort le volume de son sac et s'approche de l'ouverture pour y voir un peu plus clair.

– Je vais fouiller par ici, dit Léa. La chose qui commence par un M y est peut-être !

Elle s'enfonce dans la pénombre.

Soudain, elle crie :

– Pouah ! Ça pue !

– Hein ? fait Tom sans relever les yeux du livre.

Il continue de le feuilleter et finit par

trouver une image représentant un ours
énorme, debout à l'entrée d'une grotte.
Sous l'image, il est écrit :

**Les grands ours des cavernes
étaient encore plus énormes
et plus féroces que les grizzlis
d'aujourd'hui.**

– Léa ! souffle Tom, effrayé. Reviens tout
de suite !
Ils ont pénétré dans l'antre d'un grand
ours des cavernes !

Brrrrr !

– Léa ! appelle tout bas Tom.

Pas de réponse. Il range le livre dans son sac et s'enfonce dans la caverne.

– Léa ! appelle-t-il un peu plus fort.

Ça sent de plus en plus le chien mouillé ! Tom avance lentement dans l'obscurité. Soudain, il heurte un corps chaud. Il pousse un cri.

– Tom ? demande la voix de Léa. C'est toi ?

– Évidemment, c'est moi ! Viens, il faut sortir de là ! Pourquoi tu ne réponds jamais quand je t'appelle ?

– Écoute ! Il y a quelqu'un qui dort, au fond. Tu entends ces ronflements ?

Tom tend l'oreille. Il chuchote :

– Ce n'est pas quelqu'un. C'est un ours des cavernes.

Un sourd grognement s'élève brusquement.

– Vite, Léa ! On sort d'ici !

Tom attrape sa sœur par la main. Ils retraversent la grotte au pas de course et se retrouvent enfin dehors, sous la neige qui tombe toujours.

Sans cesser de courir, ils bondissent entre des rochers éboulés, au pied de la haute falaise. Enfin, ils s'arrêtent pour regarder derrière eux.

Il n'y a que des rochers, et l'empreinte de leurs pas sur la neige. Pas d'ours en vue !

– Ouf ! souffle Léa. J'ai eu peur !

– Moi aussi, avoue Tom. Mais il est sûre-ment en train d'hiberner. On a paniqué pour rien !

Léa se serre contre son frère en grelottant :

– Brrrr ! Qu'est-ce que j'ai froid !

– Moi aussi, répète Tom.

Il enlève ses lunettes pour essuyer la neige collée sur les verres. Le vent glacé gifle ses jambes nues.

– Regarde ça ! s'écrie alors Léa en désignant la falaise.

– Quoi ?

Un peu plus loin, il y a une corniche. Juste en dessous s'ouvre une autre grotte. Seulement, l'entrée de cette grotte est éclairée d'une lumière rougeâtre. Un feu ! Il fait sûrement chaud dans cette grotte-là !

Des enfants de Cro-Magnon

Tom et Léa s'approchent à pas de loup et jettent un coup d'œil à l'intérieur de la grotte. De courtes flammes dansent sur un lit de braises rougeoyantes. Dans un coin, près du foyer, sont rangés des couteaux et des haches de pierre taillée. Des peaux de bêtes recouvrent les murs.

– On dirait que c'est habité, chuchote Léa.

– C'est sans doute la maison des gens que nous avons aperçus tout à l'heure.

– Entrons ! On va se réchauffer.

Les deux enfants s'approchent du feu et

tendent leurs mains au-dessus des braises. Leurs ombres s'allongent sur les parois de la grotte.

Tom sort le livre de son sac, le feuillette. Il trouve une image de grotte habitée et lit :

À cette époque, les hommes
savent déjà tailler la pierre pour
fabriquer des outils, haches, racloirs
et couteaux. Ils travaillent l'os et
la corne pour en faire des harpons,
des hameçons, des statuettes,
des flûtes et des bijoux.

Tom sort son petit carnet où il aime noter ce qu'il observe, comme un vrai explorateur. Il écrit :

Les hommes de Cro-Magnon
fabriquaient
des haches de pierre...

– Et voilà ! s'écrie Léa dans son dos.

Tom se retourne. Sa sœur a enfilé une tunique de peau, qui lui tombe jusqu'aux pieds, avec une capuche et des manches longues.

– Où tu as trouvé ça ?

– Il y en a plein, là ! dit Léa en montrant une pile de fourrures.

Elle prend une autre tunique et la tend à son frère :

– Essaie celle-là ! Ça tient drôlement chaud !

Tom pose son sac et sa serviette sur le sol et passe la tunique. C'est vrai que c'est chaud ! Et doux !

– On ressemble à des enfants de Cro-Magnon ! rit Léa.

– Kiiiiiiii !

Cacahuète sort sa tête de la poche.

– Toi, dit la petite fille, tu restes là-dedans ! Il n'y a pas de manteau à ta taille !

La souris disparaît de nouveau.

– Je me demande comment ils fabriquent ces vêtements, dit Tom.

Il feuillette de nouveau le livre, jusqu'à ce qu'il trouve l'image d'une femme en train de coudre. Il lit :

Les peaux des animaux tués sont récupérées, nettoyées avec des racloirs de pierre pour qu'elles deviennent souples et douces. Puis elles sont cousues avec des aiguilles en os et des lacets de cuir.

Tom ajoute sur son carnet :

Ils se cousent des vêtements en peaux de bêtes.

– J'espère que les habitants de cette caverne ne nous en voudront pas d'avoir emprunté leurs habits, dit-il.

– On n'a qu'à leur laisser nos serviettes de bain à la place, pour les remercier, propose Léa.

– Bonne idée !

– J'espère que la couleur leur plaira, déclare Léa en posant leurs cadeaux sur la pile de fourrures.

– Explorons un peu cette grotte tant qu'ils ne sont pas là, propose Tom.

– Il fait trop noir, dans le fond. On n'y verra rien !

– Ils ont peut-être quelque chose pour s'éclairer. Attends, je regarde dans le livre. Il tourne encore quelques pages et trouve une image représentant une sorte de lampe. Il lit tout haut :

Les lampes étaient faites
d'une pierre creusée remplie
de graisse d'animaux et garnies
d'une mèche en mousse.

Léa regarde autour d'elle. Soudain, elle s'écrie :

– Là !

Deux de ces lampes primitives sont posées dans une sorte de niche taillée dans la paroi. Tom en prend une avec précaution. Elle n'est pas plus grande qu'un bol à soupe, mais beaucoup plus lourde.

Tom approche la lampe du feu et allume la mèche. Puis il allume la deuxième lampe et la tend à Léa.

– Tiens-la à deux mains, lui recommande-t-il. C'est lourd.

– Oui, oui.

Tom fourre le livre sous son bras, et les deux enfants, chacun portant sa lampe,

se dirigent vers le fond
de la caverne.

Ils discernent une
ouverture dans la
paroi.

– On dirait un tun-
nel, dit Léa. Je me
demande où ça
mène…

– On va regarder
dans le livre.

Tom pose sa
lampe, tourne
les pages…

– Je vais voir,
décide Léa.

– Attends une
seconde !

Trop tard. Léa s'est glissée dans l'étroite ouverture ; elle a déjà disparu.

– Oh, celle-là ! grogne Tom.

Il referme le livre, reprend sa lampe et suit sa sœur en appelant :

– Léa ! Reviens !

– Non ! Viens, toi ! lui répond une voix lointaine. Tu ne vas pas en croire tes yeux !

Tom se glisse à son tour dans le passage. Il aperçoit, tout au bout, une lueur dansante. Baissant la tête pour ne pas se cogner au plafond bas, Tom court vers la lumière.

Il débouche soudain dans une immense caverne.

– Viens voir ça ! s'exclame Léa en élevant sa lampe.

Sa voix résonne en écho. Tom s'approche. Des animaux sont peints sur la paroi, en gros traits rouges, noirs et jaunes. On reconnaît un ours des cavernes, des lions,

un élan et un cerf, un bison et des mammouths. À la lumière tremblante des
lampes, ces bêtes de la préhistoire ont l'air
presque vivantes !

Des traces dans la neige

– Ça alors ! lâche Tom.

– Tu crois qu'on est dans un musée ? demande Léa.

– Sûrement pas, c'est trop difficile de trouver l'entrée !

Il feuillette vite le livre et trouve une explication :

À la fin de l'époque glaciaire,
les chasseurs dessinent à l'intérieur
des grottes les animaux qu'ils chassent.
C'est peut-être un rite magique.

– Oh ! s'écrie Léa. Regarde ça !

Le dessin qu'elle désigne représente une créature bizarre avec des bras et des jambes d'homme, des bois de cerf et un visage de chouette. Il tient une flûte à la main.

Tom se replonge dans le livre. Quand il a trouvé une représentation de la créature, il lit :

**Le sorcier est le « Maître des animaux ».
Il porte des bois de cerf
pour courir comme un cerf,
et un masque de chouette pour voir
la nuit comme une chouette.**

– Eh bien ? demande Léa. C'est qui ?
– C'est un sorcier, le Maître des animaux.
– Alors, c'est lui qu'il faut trouver !
– Pourquoi ?
– Parce qu'il est peut-être un ami de Morgane !
Tom approuve de la tête :
– Peut-être…
– Viens ! Allons le chercher !
Ils remontent le tunnel jusqu'à la première grotte. Ils éteignent les lampes et les reposent à leur place. Tom reprend son sac à dos, qu'il avait laissé près du tas de vêtements, et range le livre dedans.
– Comment va Cacahuète ? s'inquiète Léa.

Tom jette un œil dans la poche :

– Elle n'est plus là !

– Oh non ! gémit Léa. Elle s'est sauvée pendant qu'on était dans la grotte aux peintures !

Les deux enfants cherchent partout en appelant :

– Cacahuète !

– Cacahuète !

Tom fouille le tas de fourrures, Léa regarde autour du feu. Soudain, elle crie :

– Tom ! Viens voir !

Léa est à l'entrée de la grotte. Il ne neige plus, et sur la couche blanche qui recouvre le sol on devine la trace de minuscules petites pattes.

Une chanson dans le vent

– Cacahuète est sortie ! Il faut qu'on la retrouve avant qu'elle soit complètement gelée !

Léa rabat la capuche de fourrure sur sa tête et fonce dehors. Tom met son sac sur son dos et suit sa sœur.

Les traces de la souris les conduisent entre des blocs de rochers, puis vers la plaine. Le vent se remet à souffler, soulevant des tourbillons de neige, effaçant les minuscules empreintes.

– Je ne les vois plus ! gémit Léa.

Tous deux s'arrêtent au milieu de la plaine, plissant les yeux, à demi aveuglés. Les traces de la souris ont complètement disparu.

– Tom, regarde ! s'écrie soudain Léa.

Au sommet de la falaise se tient un tigre. Un tigre géant avec deux longs crocs tranchants, qui gronde sourdement.

– Un tigre à dents de sabre ! souffle Tom.

– J'espère qu'il ne nous a pas vus ! murmure Léa.

– Moi aussi ! On ferait mieux de retourner à la cabane !

Tête baissée, ils traversent rapidement le grand champ de neige. Tom se retourne. Le tigre à dents de sabre a disparu !

– Ça alors ! lâche Tom. Où est-il passé ?

– Courons jusqu'aux arbres ! crie Léa.

Ils s'élancent en direction du bosquet dénudé, droit devant eux. Soudain, Tom entend un craquement. Et, brusquement, le sol se dérobe sous ses pieds.

Tom tombe au fond d'un trou. Et Léa dégringole sur lui, entraînant dans sa chute des branchages recouverts de terre et de neige. Ils se débattent, se redressent. Tom rajuste ses lunettes sur son nez.

– Tu n'as rien de cassé ? demande Léa.

– Ça va. Et toi ?

Ils lèvent la tête. Tout ce qu'ils voient, au-dessus d'eux, c'est le ciel où roulent de gros nuages gris.

– On est tombés dans un piège, constate Tom. La neige recouvrait les branches, on ne pouvait pas le voir.

– Comment on va sortir de là ?

La fosse est profonde, les parois sont lisses. Impossible de grimper !

– J'ai l'impression d'être un animal capturé, dit Léa.

– Moi aussi.

À cet instant, un long feulement s'élève non loin de là.

– Le tigre à dents de sabre ! murmure Léa.

Tom enlève son sac à dos, il en sort le livre. Il trouve tout de suite l'image qu'il cherche. Il lit :

Le tigre à dents de sabre est le fauve le plus féroce de l'époque glaciaire. Il attaque aussi bien les humains que les gros animaux comme les mammouths.

– Aïe, aïe, aïe ! gémit Tom.

Il sursaute quand Léa lui agrippe le bras :

– Écoute !

– Quoi ?

– De la musique !

Tom tend l'oreille. Mais il ne perçoit que les gémissements du vent.

– Tu entends ? murmure Léa.

– Non !

– Mais si ! Écoute bien !

Tom ferme les yeux, il écoute de son mieux. Il entend toujours le vent. Puis il perçoit un autre son, une mélodie lente et plaintive. Soudain, Léa pousse un cri de terreur :

– Aaaaaah !

Tom ouvre les yeux.

À l'extérieur de la fosse, penchée sur eux, se dresse l'étrange créature aux bois de cerf et au visage de chouette !

– Le sorcier ! souffle Tom.

– Kiiiiiiii !

Cacahuète est là aussi, au bord du trou !

Le cadeau
du sorcier

Le sorcier ne dit rien. On devine son regard brillant derrière les trous de son masque de chouette.

– Aidez-nous, s'il vous plaît ! supplie Léa.

Le sorcier lance une corde dans la fosse. Tom en attrape le bout.

– Il va nous remonter ! s'écrie Léa.

Tom lève la tête. Le sorcier a disparu !

– Où est-il passé ?

– Je ne sais pas, moi ! Tire un peu sur la corde, pour voir, lui suggère Léa.

Tom tire. La corde se tend. Tom s'accroche

et sent aussitôt qu'on le tire vers le haut.

– Moi d'abord ! Moi d'abord ! crie Léa en sautillant.

– Léa ! Ce n'est pas un jeu ! grogne Tom.

Mais il lui laisse tout de même la place. Léa agrippe la corde, et, en s'aidant de ses pieds, elle se hisse lentement jusqu'à la surface. Tom voit alors le sorcier se pencher pour aider Léa à sortir du trou. Puis tous deux disparaissent.

Tom reste stupéfait : le sorcier s'est servi de ses deux mains pour saisir Léa. Alors… qui tient l'autre bout de la corde ?

Il entend Léa s'écrier :

– Ça alors !

Qu'a-t-elle vu ? Que se passe-t-il, là-haut ? Le sorcier réapparaît et lance de nouveau la corde. Tom l'attrape et commence, lui aussi, à remonter. Ouf ! C'est dur ! Les mains lui font mal, et il a l'impression que ses bras vont s'arracher de ses épaules !

Mais il tient bon, et il émerge enfin du trou. Le sorcier le soulève et le repose dans la neige, sur ses deux pieds.

– Merci ! souffle Tom.

Le sorcier est un homme de haute taille, vêtu d'une longue tunique de peau. Ses yeux brillent derrière le masque de chouette.

– Hou hou, Tom ! l'appelle Léa.

Tom se retourne. Léa est assise sur le dos d'un mammouth !

– Kiiiiiiii !

Et Cacahuète est perchée sur la tête de l'énorme animal ! On dirait un éléphant géant à poils longs, avec de magnifiques défenses qui s'incurvent avec élégance. Dans sa trompe, il tient l'autre bout de la corde.

– C'est Loulou qui nous a tirés du trou ! annonce Léa.

– Loulou ?

– Oui. Je l'ai appelé Loulou. Ça lui va bien, tu ne trouves pas ?

– C'est pas vrai ! soupire Tom en s'approchant prudemment du colosse.

– Mammouth, continue Léa, ça commence par un M ! C'est peut-être Loulou, la chose qu'on doit trouver !

– Ça m'étonnerait, grommelle Tom.

Le mammouth s'agenouille comme un éléphant de cirque.

– Holà, doucement ! crie Léa en se cramponnant à une oreille pour ne pas tomber.

Le sorcier aide Tom à s'asseoir derrière sa sœur. Puis il sort d'une besace en cuir un os blanc, et il le tend à Tom. Le garçon examine l'objet. L'os est creux, et il y a des

trous sur le côté. Ça ressemble à une flûte.
Tom se souvient que, dans le livre, on par-
lait de flûtes en os.

– Très joli, dit-il, en lui rendant la flûte.
Mais celui-ci lui fait signe de la garder.

– Il est vraiment gentil, ce sorcier de Cro-Magnon ! commente Léa. Non seulement il nous tire du piège, mais en plus il nous fait un cadeau !

– C'est peut-être ça, la deuxième chose pour Morgane, murmure Tom. Seulement, flûte, ça ne commence pas par un M !

– Non, dit Léa. Os non plus. À moins que… C'est peut-être un os de mammouth ?

Tom se penche vers le sorcier et demande :

– Est-ce que vous connaissez Morgane ?

Le sorcier ne répond pas, mais ses yeux rient derrière son masque. Il se détourne, reprend sa corde et l'enroule.

Puis il chuchote quelque chose à l'oreille du mammouth. L'énorme bête se relève en faisant tanguer les enfants, bien assis dans le creux entre sa tête et son dos. À grands pas balancés, l'animal s'avance dans l'étendue enneigée. Puis il se met à trotter.

– Où il nous emmène comme ça ? s'inquiète Tom.

– À la cabane ! le rassure Léa.

– Il sait où elle est ?

– Bien sûr qu'il le sait !

Tom jette un regard en bas. Qu'ils sont haut perchés ! Il a l'impression d'être transporté par une colline à pattes ! Là-bas, debout dans la neige, le sorcier les regarde s'éloigner.

À cet instant, les nuages s'écartent, et le soleil fait étinceler toute cette blancheur. Tom cligne des yeux, ébloui. Quand il regarde de nouveau, le sorcier a disparu.

Dents de sabre

8

Ballottés sur le dos du mammouth, les enfants traversent la plaine blanche.

– Regarde ! lance Léa.

Un troupeau d'élans passe non loin de là. Les enfants les reconnaissent à leurs larges bois.

– Et là-bas ! s'écrie Tom.

Il montre à sa sœur des rennes qui trottent gracieusement sur la neige. Puis ils aperçoivent un bison, et même un étrange rhinocéros laineux.

C'est curieux, tous ces animaux semblent accompagner les enfants à distance, comme s'ils voulaient les escorter jusqu'à la cabane magique, tandis que la neige scintille sous les rayons du soleil.

« On dirait une grande parade ! pense Tom. C'est fantastique ! »

Le bosquet d'arbres n'est plus très loin.

– Je t'avais bien dit, reprend Léa, que Loulou nous ramenait à la cabane !

Au même moment, leur monture pousse un terrible barrissement. Tous les animaux s'enfuient. Cacahuète émet de petits cris affolés. Tom se retourne. Le tigre à dents de sabre est juste derrière eux !

Loulou barrit de nouveau et part au galop. Tom, Léa et Cacahuète n'ont que le temps de s'agripper de toutes leurs forces à l'épaisse toison pour ne pas tomber !

– Ahhhhhh ! crient les enfants.

– Kiiiiiii ! crie la souris.

Le sol tremble sous les pattes de l'énorme animal. Il a presque atteint le bouquet d'arbres. Mais le tigre court plus vite que lui. Il passe devant et lui coupe la route. Le mammouth s'arrête.

Le redoutable tigre à dents de sabre avance lentement, en rampant sur la neige.

Loulou lance un barrissement furieux. Mais Tom se souvient de ce qu'il a lu dans le livre : le tigre à dents de sabre est capable de tuer les plus gros animaux, même les mammouths !

Le tigre avance toujours, son regard brûlant fixé sur sa proie, ses longues dents acérées luisant comme des lames.

Le Maître
des animaux

Tom est pétrifié. Les yeux écarquillés d'horreur, il attend l'instant où le fauve va bondir.

– Souffle dans la flûte ! lui chuchote Léa à l'oreille.

« Elle devient folle ! » pense Tom.

– Vas-y ! insiste sa sœur en lui donnant un coup de coude.

Tom porte lentement la flûte d'os à ses lèvres. Il souffle. L'instrument émet un son étrange. Le tigre se fige. Son regard de feu transperce Tom. Les mains du garçon se mettent à trembler. Le tigre gronde, il avance encore. Le mammouth barrit et frappe le sol de sa patte.

– Joue, Tom ! le presse Léa. Ne t'arrête pas !

Tom souffle de nouveau dans la flûte. Et de nouveau, le tigre s'immobilise. Tom souffle, souffle, en reprenant à peine sa respiration.

Le tigre gronde, mais ne bouge pas.

– Tu vois, dit Léa, il se tient tranquille, maintenant. C'est normal, c'est la flûte du sorcier, la flûte du Maître des animaux ! Continue !

Tom ferme les yeux. Il prend une grande inspiration. Puis il souffle d'un seul trait, aussi longtemps et aussi fort qu'il peut. Ses doigts courent sur les trous de la flûte. Cela produit une musique si étrange qu'on la croirait venue d'un autre monde.

– Il s'en va ! chuchote Léa.

Tom rouvre les yeux. Le tigre à dents de sabre s'enfuit vers la falaise.

– On l'a eu ! s'écrie Léa en levant les bras.

Le mammouth agite joyeusement sa trompe et pousse un barrissement victorieux. Tom abaisse la flûte. Il se sent épuisé.

– Voilà la cabane, dit Léa.

Loulou le mammouth s'ébroue ; puis il marche lourdement jusqu'à l'arbre le plus haut. Tom tend le bras, attrape l'échelle de corde et l'approche de Léa.

La petite fille caresse l'énorme oreille du mammouth :

– Au revoir, Loulou, et merci !

Et elle grimpe à l'échelle. Cacahuète s'élance derrière elle en plantant ses petites griffes dans la corde.

Dès qu'elles ont disparu toutes les deux dans la cabane, Tom grimpe à son tour. D'en haut, il fait un signe à Loulou :

– Au revoir grosse bête ! Retourne chez

toi, maintenant !
Et méfie-toi du
tigre à dents de
sabre !

Le mammouth
agite une dernière
fois sa trompe et
s'éloigne au petit
trot vers le soleil
couchant.

Quand Tom ne voit plus qu'un point noir sur la neige, il se hisse dans la cabane.

– Le livre ! crie Léa. Il est là !

Tom sourit. Si le livre qui peut les ramener chez eux a réapparu, c'est la preuve qu'ils ont bien trouvé la deuxième chose nécessaire pour délivrer Morgane. Ils ont réussi leur mission, encore une fois !

– Avant de partir, dit Léa, il faut qu'on rende leurs habits aux gens de Cro-Magnon !

– Oh, tu as raison !

Ils enlèvent leurs tuniques de fourrure si chaudes et les lancent par la fenêtre.

– Brrrrr ! fait Léa. J'espère qu'ils les retrouveront !

Tom jette un dernier regard sur la vaste plaine enneigée pour graver dans sa mémoire ce paysage des temps préhistoriques. Le soleil disparaît lentement derrière une colline. Quatre silhouettes trottent dans la neige, leurs ombres s'allongent derrière elles. C'est la famille qui revient de la chasse.

– Hou hou ! appelle Léa.

– Tais-toi ! souffle Tom.

La famille de Cro-Magnon s'arrête et regarde dans leur direction.

– On a laissé vos habits là ! leur crie la petite fille en montrant le pied de l'arbre.

La plus haute silhouette s'avance et lève sa lance.

– Ho-ho ! Il est temps de filer ! constate Tom.

Il s'empare du livre, le feuillette, trouve l'image du bois de Belleville, pose son doigt dessus et déclare :

– Nous souhaitons revenir à la maison !

– Au revoir ! Au revoir ! répète Léa en agitant la main, penchée à la fenêtre.

Le vent se met à souffler. Les feuilles frémissent. Le vent souffle plus fort. La cabane commence à tourner. Elle tourne plus vite, de plus en plus vite. Puis tout se tait, tout s'arrête.

Une flûte
ou un os ?

Il fait chaud, les oiseaux chantent. Tom et Léa sont bien de retour dans leur époque !

– J'espère que ces gens de Cro-Magnon vont récupérer leurs habits, dit Léa.

– Sûrement, affirme Tom en ajustant ses lunettes.

– Kiiiiiiii !

La souris est assise sur le plancher, ses petits yeux ronds et noirs comme des perles fixés sur les enfants.

– Cacahuète, demande Léa, c'est toi qui es allée chercher le sorcier ? Tu le connais ?

– Kiiiiiiii !

– C'est un secret, c'est ça ?

Se tournant vers son frère, la petite fille s'inquiète :

– Tu as la flûte ?

Oui, Tom tient toujours la flûte dans sa main. Il la regarde, les sourcils froncés. Il marmonne :

– C'est forcément l'objet qu'on devait trouver, sinon, on n'aurait pas pu revenir chez nous. Mais *flûte,* ça ne commence pas par un M !

– Moi, insiste Léa, je te dis que c'est un os de mammouth ! *Mammouth,* avec un M !

Tom secoue la tête, pas très convaincu :

– Non, non, je suis sûr que c'est autre chose…

– Quelle importance, du moment que c'est le bon objet ! Pose la flûte à côté de la mangue. Ça en fait deux ! On n'en a plus qu'un à trouver !

– Justement ! reprend Tom. Si le troisième ne commence pas par un M, comment on saura ce qu'il faut chercher ?

– On verra ça demain ! bougonne Léa en haussant les épaules. Viens, on rentre à la maison. J'ai faim !

Tom ne répond pas, il réfléchit. Puis il sort son carnet, et il griffonne quelque chose. Tout à coup, il s'écrie :

– Je crois que j'ai trouvé ! Regarde !

Léa se penche. Sur la page, Tom a écrit :

MORGANE

Et juste en dessous :

MANGUE

– Eh bien ? fait Léa.

– Tu ne vois pas ? Dans mangue, il y a cinq lettres de Morgane, le M, le G, le A, le N et

73

le E ! Ça veut dire qu'il manque encore deux lettres, le O et le R !

– Il n'y a pas de O ni de R dans flûte !

– Non, mais il y a un O dans os ! Et la flûte est en os !

– Génial ! s'écrie Léa. On n'a plus qu'à trouver un truc avec un R ! Et Morgane sera délivrée de son mauvais sort !

– Oui. On cherchera demain.

Léa caresse du doigt la tête de la souris :

– À demain, Cacahuète !

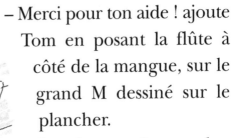

– Merci pour ton aide ! ajoute Tom en posant la flûte à côté de la mangue, sur le grand M dessiné sur le plancher.

Les deux enfants redescendent par l'échelle et prennent le sentier qui mène hors du bois. Ils arrivent dans leur rue. Les façades des maisons sont toutes roses dans la lumière du soleil couchant.

« C'est bon d'être de retour à notre époque ! pense Tom. Pas de cavernes, pas de pièges, pas de bêtes féroces ! »

– Heureusement qu'on n'a pas besoin d'aller chasser pour se nourrir ! déclare-t-il.

– Oui, papa et maman sont allés au super-marché !

– J'espère qu'ils ont capturé un paquet de spaghettis, du steak haché et une boîte de sauce tomate !

– Moi, j'aimerais mieux qu'ils aient abattu une grosse pizza !

– Courons ! décide Tom. Je meurs de faim ! Ils s'élancent le long du trottoir, traversent la pelouse et poussent la porte.

– C'est nous ! crie Léa. Qu'est-ce qu'on mange, ce soir ?

À suivre...

Découvre vite la suite
des aventures de Tom et Léa dans
Le voyage sur la Lune.

La Cabane magique

propulse
Tom et Léa

sur la Lune

★ 3 ★
Sésame, ouvre-toi !

– Le troisième objet magique est sûrement dehors !
dit Léa.
Près de la porte du sas, il y a un bouton vert sur lequel
est marqué « ouverture ». Léa approche son doigt
pour appuyer dessus.
– Arrête ! crie Tom. On ne peut pas sortir comme ça,
il n'y a pas d'air sur la Lune !
– Zut, c'est vrai ! Il faut pourtant qu'on quitte la base !
– Attends, je regarde ce que dit le livre.
Il le feuillette et trouve une image représentant la
surface lunaire. Il lit :

> Une journée sur la Lune équivaut à quatorze jours
> terrestres. Comme il n'y a pas d'atmosphère,
> la température peut atteindre 125 degrés au soleil,
> et – 175 degrés à l'ombre.

Tom se tourne vers sa sœur :
– Tu vois, si tu allais dehors sans protection, tu serais
transformée en Léa congelée ou en Léa grillée !
– Aïe ! fait la petite fille.

★ ★ ★ ★ ★ ★ ★ ★ ★ ★

Tom reprend sa lecture :

Les scientifiques qui travaillent sur la Lune portent des combinaisons qui les protègent de la chaleur et du froid. L'équipement est complété par un réservoir contenant de l'oxygène.

– Bon, dit Léa, il nous faut des combinaisons.
– D'après le plan, on devrait en trouver par là, dans la réserve, indique Tom.
– Regarde donc autour de toi, au lieu de garder le nez dans ton livre ! se moque Léa.
Elle se dirige vers une porte et l'ouvre :
– Super ! Il y a des tonnes d'habits de l'espace, là-dedans !
D'épaisses combinaisons sont accrochées au mur ainsi que des sortes de sacs à dos contenant les réserves d'oxygène. Des casques, des gants et des bottes sont alignés sur des étagères.
– On se croirait dans la salle aux armures du château fort, observe Tom. Tu te souviens ?
– Oui ! Tu avais même essayé un casque, et il était bien trop lourd pour toi ! J'espère qu'on va trouver quelque chose à notre taille !
Ils fouillent, ils essaient. Ils finissent par dénicher deux combinaisons qui leur vont à peu près. Ils se

glissent à l'intérieur. Léa aide Tom à fixer sur son dos la réserve d'oxygène et à la brancher. Puis Tom fait de même pour elle. Ils passent ensuite les casques, enfilent les bottes et enfin les gants. Les voilà prêts.

– Je respire ! Ça marche ! hurle Léa.

– Ne crie pas si fort ! proteste Tom. Tu me fais mal aux oreilles ! On communique par contact radio !

– Oh, pardon, chuchote Léa.

Elle tente péniblement de faire quelques pas et marmonne :

– C'est drôlement lourd, cet attirail !

– Ne t'inquiète pas. Dehors, tu te sentiras toute légère : il n'y a presque pas de pesanteur, sur la Lune !

Maladroitement, à cause des gants épais, Tom remet le livre dans son sac à dos, et déclare :

– On a de l'air juste pour deux heures, je l'ai lu dans le livre. Dépêchons-nous de chercher le troisième objet pour Morgane !

**Tom et Léa réussiront-ils
à marcher sur la Lune ?**

**Trouveront-ils
le troisième « objet »**
nécessaire pour délivrer la fée Morgane ?

★ ★ ★ ★ ★ ★ ★ ★ ★ ★

Si tu as envie de nous donner
tes impressions sur la série
ou nous parler de tes propres voyages,
réels ou imaginaires,
n'hésite pas à nous écrire !

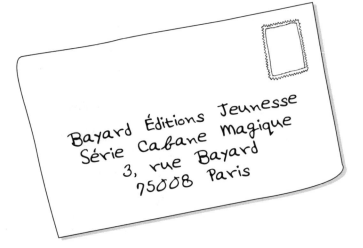

Bayard Éditions Jeunesse
Série Cabane Magique
3, rue Bayard
75008 Paris

N'oublie pas d'écrire
ton nom et ton adresse sur la lettre !